Julio Cortázar

Ilustraciones: **Emilio Urberuaga**

Discurso del oso

LIBROS DE CORDEL

LIBROS DEL ZORRO ROJO

Soy el oso de los caños de la casa,

subo por los caños en las horas de silencio,
los tubos de agua caliente,
de la calefacción, del aire fresco,
voy por los tubos de departamento
en departamento y soy el oso
que va por los caños.

Creo que me estiman porque mi pelo
mantiene limpios los conductos,
incesantemente corro por los tubos
y nada me gusta más que pasar de piso
en piso resbalando por los caños.

A veces saco una pata por la canilla
y la muchacha del tercero grita
que se ha quemado, o gruño
a la altura del horno del segundo
y la cocinera Guillermina
se queja de que el aire tira mal.

De noche ando callado
y es cuando más ligero ando,
me asomo al techo por la chimenea
para ver si la luna baila arriba,
y me dejo resbalar como el viento
hasta las calderas del sótano.

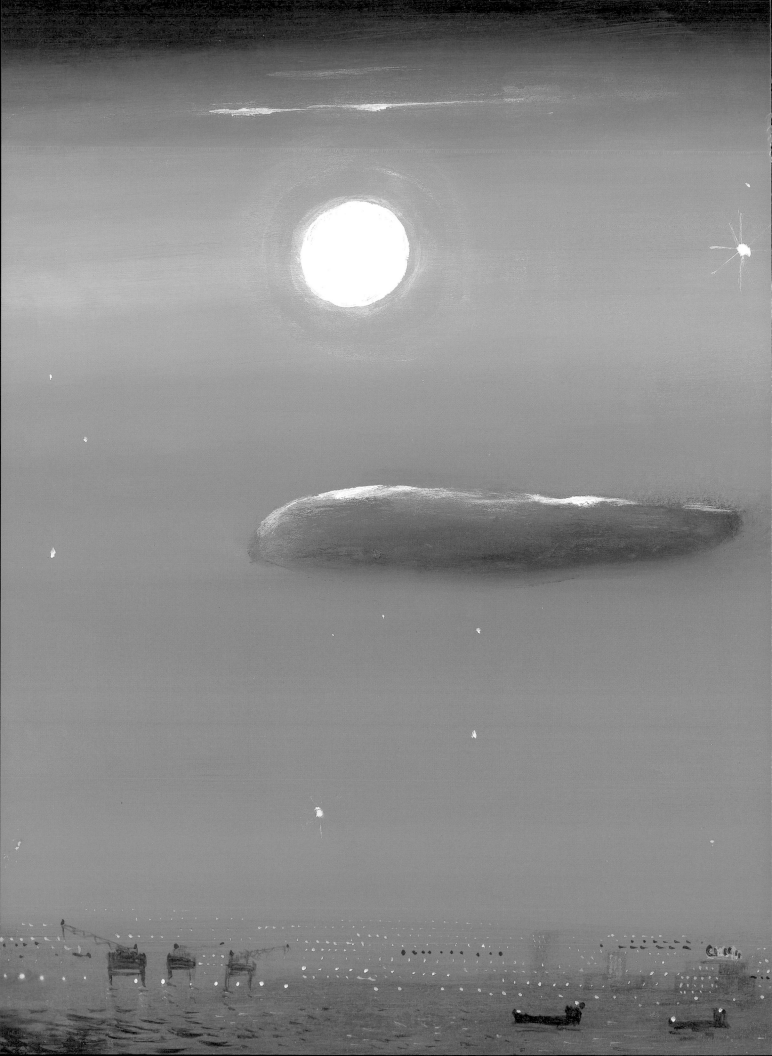

Y en verano nado de noche
en la cisterna picoteada de estrellas,
me lavo la cara primero
con una mano, después con la otra,
después con las dos juntas,

y eso me produce una grandísima alegría.

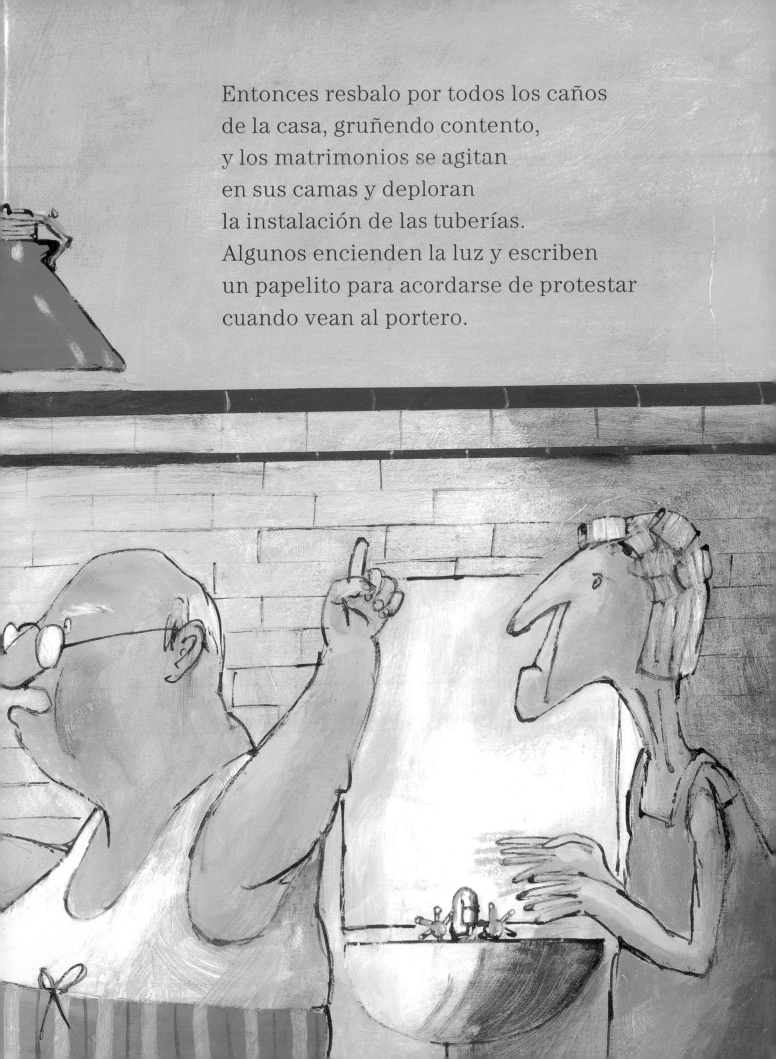

Entonces resbalo por todos los caños
de la casa, gruñendo contento,
y los matrimonios se agitan
en sus camas y deploran
la instalación de las tuberías.
Algunos encienden la luz y escriben
un papelito para acordarse de protestar
cuando vean al portero.

Yo busco la canilla que siempre
queda abierta en algún piso;
por allí saco la nariz,

y miro la oscuridad de las habitaciones
donde viven esos seres que no pueden
andar por los caños, y les tengo algo
de lástima al verlos tan torpes y grandes,
al oír cómo roncan y sueñan en voz alta,
y están tan solos.

Cuando de mañana se lavan la cara,
les acaricio las mejillas, les lamo la nariz
y me voy, vagamente seguro
de haber hecho bien.

Para Aurora Bernárdez.

A mis queridos
Sobisch,
Rosemffet,
Smilovich,
Schnetzer,
otro Schnetzer,
Gurevich,
Pinnola,
Scafati
y a todos los argentinos
y lectores de Cortázar,
aunque tengan apellidos «normales».

E. Urberuaga

© 2008, del texto: Herederos de Julio Cortázar, 1964
© 2008, de las ilustraciones: Emilio Urberuaga

© 2008, de esta edición: Libros del Zorro Rojo
Barcelona - Madrid / www.librosdelzorrorojo.com

Colección dirigida por Alejandro García Schnetzer
Edición: Marta Ponzoda Álvarez

Este libro es una realización
de albur producciones editoriales s.l.

Dirección editorial: Fernando Diego García
Dirección de arte: Sebastián García Schnetzer

Esta obra ha sido publicada con una subvención de
la Dirección General del Libro, Archivos y Bibliotecas
del Ministerio de Cultura, para su préstamo público
en Bibliotecas Públicas, de acuerdo con lo previsto en
el artículo 37.2 de la Ley de Propiedad Intelectual.

Primera edición: marzo de 2008

ISBN: 978-84-96509-80-1

Printed in China by South China Printing Co. Ltd.